シリーズ自句自解II ベスト100

JikuJikai series 2 Best 100 of Koji Sakai

酒井弘司

ふらんす堂

目次

シリーズ自句自解Ⅱベスト100　酒井弘司

秋の蝶星に雫をもらいけり

1

高校に入学した年の句。

俳句らしいものを書き始めて最初に納得できた作品。その前までは叔父の影響で詩らしいものを書いていた。

この句の翌年、「文章倶樂部」（昭和三十年四月号）の詩壇に投稿。「秋の蝶」という短い詩が入選した。選者は鮎川信夫・谷川俊太郎さん。詩の後半は、

「澄みきった蒼空に／コスモスの葩片は楕円形を描く／／蝶よ　もう少し柔らかに舞おう／死にそうな人がいるんだよ」。

（句集『蝶の森』昭和二十九年）

タゴールには触れず蛍を掌に這わす

2

夕ゴールは、インドの詩人・思想家。

詩人の「チャンパの花」という詩を読んだのは、高校の教科書であったか。冒頭の「ただちょっと戯れにぼくがチャンパの花になったとして」と言う軽やかな表現が忘れられなかった。

この句では、「蛍を掌に這わす」と書いたが、昭和三十年頃の信州の田圃では、薬剤を使うことが少なかったせいか、縦横に光って舞う蛍がみられた。

（句集『蝶の森』昭和三十年）

西にオリオン冬の石段とびおりる

3

信州の生家は天竜川の近く。河岸段丘の一段上の見通しのよい台地にある。

夜になると、星空がいちめんに。冬の空ではオリオンをよく眺めた。

家の近くの萩山神社には、十数段の石段があった。

この句の「石段」は、咄嗟に神社の石段が一句に飛び込んできたように思う。

（句集『蝶の森』昭和三十一年）

アネモネを貨車がゆるがす友の下宿

4

高校時代の友人が、飯田線が走る市街地（飯田市）に下宿していた。

伊那谷は、東の赤石山脈、西の木曽山脈に挟まれた峡谷なので、山麓の村に居住している若者は、高校生になると学校の寄宿舎か、近辺に下宿する者もすくなからずいた。

友人を訪ねると、窓の外に置かれた鉢のアネモネの花が、貨車や電車が通るたびに揺れ、どこか笑っているようであった。

（句集『蝶の森』昭和三十一年）

寝ればなおちいさき母よイプセン忌

5

生家は農家だったので、母は家事をこなし農業の仕事にも精を出すという労働を強いられた。

今と違って洗濯機もない時代、盥を使っていた。

その母から、上杉鷹山の「なせばなるなさねばならぬなにごともならぬはひとのなさぬなりけり」という言葉をよく聞かされた。

「イプセン」は、ノルウェーの劇作家。「人形の家」で女性解放を説いた。

（句集『蝶の森』昭和三十一年）

青年期冬のにんじん胸に抱き

6

俳句をつくるようになって、最初に添削の指導をうけたのが、久保田創二さん。飯田市から発行されていた日刊紙「南信州」の俳句の選をしておられた。そこに投句。

久保田さんの本職は、時計屋。四畳ばかりの借家で時計の修理に精を出していた。俳句の添削は、もっぱら高校の帰り道。趣味に徹した人で、聞くところによると飯田音響の指揮者もされていた。

この頃は、季語のことを考えていなかった。「冬」と「にんじん」は共に冬の季語。（句集『蝶の森』昭和三十一年）

虫の土手電池片手に駈けおりる

7

生家の周辺は田圃だったので、「土手」が多かった。そのため一年中、昆虫や小さな動物の出没がくりかえしみられた。初夏が近づくと蛙、蛍。そして初秋になると、コオロギやクツワムシなど。

詩人の清水哲男さんは、「この電池は、間違いなく単一型乾電池だ。いまでも懐中電灯に入れて使う大型だから、手に握っていれば、土手を駆けおりるスピードも早い、早い。」（『増殖する俳句歳時記』）と書いてくれた。

（句集『蝶の森』昭和三十二年）

鋏鋭く切符きられるデモ終えきて

8

昭和三十五年は安保の年。一月、渡米した日本全権団の日米安保改定条約の調印を機に、五月に入ってからは安保改定阻止のデモが、国会周辺で全国の広範囲から集まって展開された。

この頃までは、闘争によって権力に対峙できるという自負を大衆がもちえていた時代でもあった。

電車に乗るときは、切符を窓口で買い、改札口で駅員に鋏を入れてもらいホームに入っていた。まだ、デモの熱気がどこか冷めやらず残っていた。

（句集『逃げるボールを追って』昭和三十五年）

長い雨季青年だれも孤島もつ

9

安保改定阻止の闘争は、六月十九日の自然承認までつづいたが、承認により無力感で重い空気につつまれた。

学生歌人の岸上大作は、「血と雨にワイシャツ濡れている無援ひとりへの愛うつくしくする」と、安保闘争と恋をうたって自死。

若者にとっては、長い雨季を迎え、だれもが内部に大きな「孤島」を重くもっていた。

（句集『逃げるボールを追って』昭和三十六年）

白桃の白き繊毛明日逢わむ

10

白桃は、岡山県で発見された桃の品種で水蜜桃の一種。しろもも、しらももと読む人もいる。

この句では、「白き繊毛」と書いたが、白桃はつるつるした肌なので、繊毛はわかりにくい。その淡さがこの句を酸っぱくしている。

どこか、そこはかとした青春の想いが見えればという句である。この句もそうなのだが、言葉が先に飛んできて一句をなすと言うことがその頃も多かった。


（句集『逃げるボールを追って』昭和三十六年）

一本の樫空刺してわれに棲む

11

「海程」創刊（昭和三十七年四月）に同人として参加。この句は、創刊号の二十代特集に掲載した一句。

わたしは山国生まれなので、山林的人間と言ってもよいが、内部に棲む一本の樹を象徴的に書いた。新しい俳句誌の創刊に向けての意気込みが、どこか伝わってくるようにも思う。今でも、創刊前、東京杉並の兜太先生宅（日銀行舎）での新人句会のことが思い出される。森澄雄さんも参加しておられた。

（句集『逃げるボールを追って』昭和三十七年）

語彙につまり蝶の羽撃きみていたり

12

沖縄にはじめて渡ったのは、昭和三十九年。沖縄を故郷にもつ友人、喜屋武英夫さんに誘われた。鹿児島までは鉄道、東シナ海はひめゆり丸。まだ日本に復帰できていなかったので、パスポートが必要だった。

喜屋武さんの生家は、コザ市。基地の街であった。その町を歩くと三線が聞こえてきて不思議な気分になった。

喜屋武さんの生家にも泊めてもらったが、本土のわたしは「ヤマトンチュウ」と呼ばれ途方にくれた。

（句集『逃げるボールを追って』昭和三十九年）

樹に吊られ六月の死者となりうさぎ

13

六月は、わたしたちの世代にとっては、重く苦い月。

昭和三十五年、安保闘争のさなか、女子学生の樺美智子さんが亡くなったが、闘争に参加していた者にとっては忘れることのできない月。

その六月が巡ってくるたびに、歳月が消してゆく悲劇を恐れないわけにはいかない。六月十九日、日米安保条約改定が自然承認されたことも。

この句は暗喩。いつまでも鮮明にしておきたい一句である。

（句集『逃げるボールを追って』昭和四十年）

エレミア哀歌真夜中のいもうとは杉に

14

「エレミア哀歌」は、旧約聖書中の一書。五章の独立した詩からなり、全体としては、エルサレム陥落前後の状況と苦悩が描かれ、それを通して作者の思想が展開されている。

わたしは、これといった宗教への信仰をもたないが、「エレミア哀歌」の韻律に惹かれて、この語を冒頭に置いた。

そのあと、ひとりの妹を、「いもうとは杉に」と「杉」に飛躍させせた。

（句集『朱夏集』昭和四十三年）

麦畑の鳩もいっしょに刈られゆく

15

この句は、今となっても懐かしい。人を介して高柳重信さんに褒められたことを知った。「俳句研究」（昭和44年11月号）の「一句の背景」という欄で、「麦畑のイメージから即座にできた句」と書いた。「鳩」は、平和のシンボルのように言われるが、この句では、麦といっしょに刈られてしまうのだ。誰にか？　そこまで言わなくとも、リアリティは十分であろう。

（句集『朱夏集』昭和四十三年）

雨中の樅へ一歩踏み出しまだ会えず

16

加藤郁乎さんの誘いをうけて、「ユニコーン」の同人になったのは、昭和四十三年。五月に「ユニコーン」一号が出た。編集兼発行人は門田誠一さん。馬場俊吉、徳弘純一、大岡頌司、大橋嶺夫、大原テルカズ、八木三日女、安井浩司、前並素文、島津亮、東川起志男さんなど、前衛派。四十五年、四号で終刊になった。

この句は、二号に発表した「六月のオルフェ」五十句のうちの一句。翌年、下田節子と結婚。

（句集『朱夏集』昭和四十三年）

朝のはじめ辛夷の空をみていたり

長女、志乃

17

長女は、信州飯田市の鋤柄医院で誕生した。昭和四十六年四月七日。

医院を訪ねたのは、出産数日後のこと。長女の無垢な姿と対面。そのあと外に出て空を仰ぐと、辛夷の白い花が青空にむかって咲いていたのが、いまも鮮明に残っている。

名前の「志乃」は、「後漢書・耿弇伝」の「有レ志者事竟成」（こころざしあるものは、ことついになる）からの命名。

（句集『朱夏集』昭和四十六年）

荒川村蟬鳴きやめば山ばかり

18

金子兜太先生から、「毎日新聞」の俳句欄に「『師弟競詠』のスペースがあるから、君どうだ」と言われ作句をお受けした。

秩父の句をつくろうと言うことになった。「俺は歩かなくても書けるから、君、秩父を歩いてつくってくれ」と言われ、昭和四十六年十月九日の新聞に「秩父山里」の題で五句発表した一句。

晩夏のころ、荒川に沿ってバスで辿り、山にわけいってみると、蟬がよく鳴いていた。「八月の陽は巡礼へ樹林愛す」の句も。

（句集『朱夏集』昭和四十六年）

かなかなの穢土すきとおり人散らん

19

東京都町田市の鶴川に棲んでいたころの句。小田急線のロマンスカーが通ると、きまって「カーンカーン」と明るい音が聞こえてきた。その小田急線を横断して鶴見川の川べりを、よく散歩した。

散歩と言えば、鶴川は多摩の丘陵地帯であったので、近くの坂を登って、能ヶ谷まで歩いた。近くには白洲正子さんの茅葺のお宅もあった。いまの武相荘である。

この近くの林でも、夏の夕暮にはよく「かなかな」を聴いた。


（句集『朱夏集』昭和四十七年）

雨畑という村をゆく麦あかり

20

この句は「雨畑」と言う地名にこだわってつくった一句。それゆえに、「麦あかり」も虚のこと。「アメハタアメハタ」と何回か唱えているうちに、咄嗟に出てきた一句。

「雨畑」は、山梨県早川町にある地名。かつては、硯島と呼ばれた村で雨畑硯で有名。県南西端、赤石山脈と巨摩山地に挟まれ早川沿いの山岳地帯にある。

わたしがもっている大硯は、信州飯田市の文具店で買ったもの。

（句集『朱夏集』昭和四十九年）

水のゆくえ童女ききいる緑夜なり

21

昭和五十年五月に、町田市の鶴川から神奈川県の津久井町に新居を建て越した。

津久井は丹沢の北にあり、津久井湖から北を眺めると、八王子市の高尾の山が見える。新緑の季節には、いっせいに若葉が萌え立つ。

谷戸にあるわが家から坂をくだると、小さな流れの尻久保川。夜は、耳を澄ますと、その川の音が遠く近くひびいてくる。

（句集『ひぐらしの塀』昭和五十一年）

次女、千穂

山幾山きて今生の汝に会う

22

わが家の南向きの斜面は、分譲地を開発した小田急不動産の所有地であるが、毎年、秋になると、ススキが白い穂を一斉に風になびかせる。その数は何万本か、もっとか、なんとも壮観である。

十一月の初め、信州からの電話で次女の誕生を知り、信州飯田市の鋤柄医院へ中央本線を乗りつぎ駆けつけた。初対面、やさしい顔立ちの赤子。

斜面のススキの輝く穂にちなんで「千穂」と命名。昭和五十一年十一月六日出生。

（句集『ひぐらしの塀』昭和五十一年）

野の棘にひばり刺されている夕べ

23

この句には、忘れがたい思い出がある。

金子兜太先生は、「雲雀が地面に帰ったあとの野の夕景を想像し、それを一枚の陰画風の映像にまとめあげたのである。背景は濃い蒼《あお》の夕空。そこに草や灌木類のシルエットが棘のように群れ立ち、雲雀はその棘にさされて、屍となって、そのなかにいる。（略）生きとし生けるもののやさしい野の歌を伝えたいのだ。」（『愛句百句』）と。

また、飯田龍太さんには、「毎日新聞」の「今年の秀句」で採りあげていただいた。

（句集『ひぐらしの塀』昭和五十二年）

朝狩の群れをはずれて葛の花

24

「朝狩」のイメージをはずれるかも知れないが、この句ではもっと現代的に、安保以降のラジカルな世代の行動を考えていた。

それともう一つ。「葛の花」には、釈迢空の「葛の花踏みしだかれて、色あたらし。この山道を行きし人あり」の一首があった。

「葛の花」は、旅をしても国内あちらこちらで見かけるが、強靱ないのちとはうらはらに、素朴な紫の花の色もよい。

（句集『ひぐらしの塀』昭和五十三年）

櫂を夢みて真夜中の胡桃の木

25

わが家は谷戸にある。坂道も多いが、樹々もそれに負けずに生い繁っている。

散歩の途中、その樹々の一本一本を眺めながら、「よくぞ同じ場所で、一生がんばっているね」と声をかける。北向きの陽あたりのわるい場所や谷の底など、そこに立つ樹は黙って空をみつめている。

このような考えは、歩行が可能な人間だけ。樹々にはないのかも知れない。「櫂を夢みて真夜中」も、しっかり立っている。

（句集『ひぐらしの塀』昭和五十六年）

ひんやりと人の影ゆく雛の家

26

長女が生まれた翌年、町田市内の店でお雛さまを買った。それも一段飾りの質素なもの。

毎年、立春が過ぎ、日脚が伸びるころになると、そのお雛さまを箱から出して床の間に飾ってきた。

天気のよい日には、南側の障子をあけると、北丹沢の山から早春の風が吹き込んでくる。

長女は、すでに家を出たが、いまでも、お雛さまは飾っている。


（句集『青信濃』昭和五十九年）

青信濃雨に角だすかたつむり

27

故郷の信州は、遠く離れて住んでいると、懐かしい。

しばらくぶりに訪ねると、どこか水の匂いがする。いつ訪ねてもよいが、若葉から暗緑の時期が好きだ。それをわたしは「青信濃」と愛着を込めて呼ぶ。みわたすかぎり一面、青く広がった緑野。

この句をつくったのは、雨季に入った六月。生家の庭の杭の上に留まった蝸牛が、角をみせていた。

（句集『青信濃』昭和六十年）

宇宙さみし一月のコーヒー店

28

俳人の永田耕衣さんの句にも「コーヒー店永遠に在り秋の雨」という一句があった。

正月後の、あまり人の入らないコーヒー店で、熱いコーヒーを飲んでいると、頭の中をいろんなことが駆け巡る。

それは、卑近なことから宇宙のことまで。こうしてコーヒーを飲んでいる時間も、宇宙ははてしなく膨張をしていることを考えると、とてつもなく楽しくもあり、また淋しくもある。

(句集『青信濃』昭和六十一年)

信濃わが麦の穂を手で漕ぎゆかん

29

高校時代、六月のはじめ数人の友人たちと伊那谷から諏訪、小諸を通り長野市まで歩いた。

その小諸近く、浅間山の噴煙が少し上っているのが見えた。千曲川の周辺は、どこも麦畑。黄味をおびはじめた麦の芒からは穂が出て、風がくると、少し揺れていた。

この句、「麦の穂を手で漕ぎゆかん」とは、気持ち爛漫。晴れ渡った六月の空の下、麦の穂を抱きしめ、信濃をうたった讃歌。


（句集『青信濃』昭和六十一年）

ねじばなの紅のひとすじあねいもうと

30

わが家の庭は芝生だが、いろいろな草花がよく生える。

「ねじばな」は、毎年、六月に入ると芝生から、にょきっと貌を出す。ラン科の多年草。淡紅ないし紅色の小花を多数穂状につけ、花序がゆるい螺旋状に巻くので、この名がある。

二人の娘たちも、この庭でよく遊んだ。そのとりとめのない遊びをながめていると、血をわけた「あねいもうと」に思えてくる。


（句集『青信濃』昭和六十一年）

水飲んで天上くらき夏あした

31

人は水の塊。ゆえに水はたくさん飲むべき、ということを、よく言われる。

「夏あした」と書いているから、夏の朝のこと。猛暑に喉もからからから。コップの水を飲む。また、一杯。

幼いころ飲んだ生家の井戸水は、冷たくて好きだったが、その水が喉をとおっていくときの気持ちのよさよ。

水を飲むときは、空を仰いで飲むのだが、それを「天上」と、深遠な言葉を使った。（句集『青信濃』昭和六十一年）

八月の友よ鳥語で別れたり

32

八月は、太平洋戦争の終わった月。

戦争には直接かかわりはなかったが、昭和二十年夏、信州の伊那谷をB29が白線を曳いて木曽山脈の方に消えていったのを覚えている。

そして、戦後の貧しさ。伊那谷に疎開していた同級生は、昼食の時間になると弁当をもってこられず、校庭に出て遊んでいた。米や物資が不足していたのだ。

そのような苦難の時代を生きた頃の友だち。「鳥語で別れたり」言葉は短くてよかった。

（句集『青信濃』昭和六十一年）

かたむいて傾き歩く晩夏かな

33

俳人で詩人でもあった加藤郁乎さんには、若いころよく新宿近辺を連れまわされた。一軒飲んでも、そこで終わりにならず、数軒のはしご。

ときには、目黒の前衛舞踏家・土方巽さんの家まで深夜おしかけたこともあった。居合わせた澁澤龍彦さんに会ったのもこのとき。

そんなとき、「きみら、傾かなきゃダメだよ」と、よく言われた。俳句を書くには、そんなに幸せでは書けないよ、ということでもあった。（句集『青信濃』昭和六十一年）

寝ておれば家のなかまで秋の道

34

一句の完結は、どのようにやってくるか。言葉が八方から飛んできて気がついたときには、そこに定型空間ができている。

もっとも、その背後には、人生で蓄積されたものが大きな比重を占めていることも、忘れることはできないが。

この句、信州の生家は農家であった。その大きな梁の居間で、大の字になって昼寝をしていたときのことが発想になっているように思われる。

（句集『青信濃』昭和六十二年）

少年の冬サリンジャー積み重ね

35

サリンジャーの『ライ麦畑でつかまえて』を読んだのは、いつだったか。

巨大な人工都市ニューヨークの街を、たったひとりでさまよいつづける十六歳の少年の目に映ったものを書いた小説。

この小説が世界中のベストセラーになったあと、サリンジャーは隠遁生活を送り亡くなる。本人の意志により出版を許されたのは『フラニーとズーイ』など五作品。

今年は、生誕百年。


（句集『青信濃』平成二年）

ランボーの詩の毒にがき夏あした

36

アルチュール・ランボーは、十九世紀フランスの代表的な詩人。二十代前半で詩作を放棄し武器商人になるが、わたしに衝撃をあたえたのは、散文詩集『地獄の季節』だった。

詩歌には、毒が必須と言うことを教わったのは、永田耕衣さんとランボーから。

ただ、どんなふうに毒とまみえるか。これが、なかなか難しい。

（句集『青信濃』平成三年）

麦の秋巨人は西へ去りゆけり

37

近在を旅しても、最近は麦をつくることが少なくなってしまったせいか、なかなか麦が黄色に色づく収穫期、麦秋に、巡り会えなくなってしまった。いちめん、麦秋でむせかえるような夕べ。巨人は一歩一歩西へ去っていくというのだ。近代ならいざ知らず、今日では巨人を待望する声は聞こえてこない。西方浄土をめざして去っていくその姿の淋しさ。

（句集『地霊』平成四年）

天上へ梯子をかける麦の秋

38

昨年は、栃木県の下野に吟行で出かけ、熟れ麦の田圃が広がる景色に、しばし見とれた。「麦の秋」である。

この句、「天上へ梯子をかける」と書いたが、イメージとしては理解できても、現実社会では、そんなことはあるわけがない、と反論されるだろう。

そういえば、木でつくった「梯子」も、近頃は見ることが少なくなってしまった。

（句集『地霊』平成五年）

天の川四人が睡る家の上

39

子どもたちが、まだ小さかったから、ひとむかし前のこと。

夏の夜、庭に茣蓙をしき、そこに親子でねころんで夜空の星を眺めたことがあった。谷戸の夜空は、滲むように闇が流れる。じっと目をこらして、そこから夏の大三角形のベガ、アルタイル、デネブを探す。

「天の川」は悠久の流れのように見えるが、今みている星の光は、何億年も前のもの。

家族が睡ったあとも、屋根の上では「天の川」が光る。


(句集『地霊』平成五年)

母在りしことも夢なり青葉木菟

40

今年は、青葉木菟が四月下旬に鳴いた。それも満月に近い明るい晩。例年だと、五月から六月にかけて「ホー、ホー」とやや低い、どこか淋しげな声で鳴く。

その青葉木菟を、よくよく聴いていると、裏山をひとまわりしているかのよう。その声が終わると、寝ることにしている。

母親が亡くなったのは、昭和五十七年。七十三歳であった。「母呼んで母の眼にあう霜の夜」と書いたのも、遠いむかしになってしまった。

（句集『地霊』平成六年）

わが朱夏の詩は水のごと光るべし

41

「朱夏」は、真夏。その夏が好きなのは、わたしの誕生日が八月九日。どこかで、そんなことが影響しているのかもしれない。

この句では、「詩は」と書いたが、もとをただせば俳句も詩である。高校生のころは俳句といっしょに詩を書いていたので、「詩は水のごと」という言葉が飛び出してきたのだろう。

家の前の谷を流れる尻久保川の水は、たえることなく音をたてて流れている。

（句集『地霊』平成六年）

山国の闇ごつごつと青胡桃

42

「山国」と言う言葉が、わたしは好きだ。

伊那谷に生まれて、物心ついてから毎日、赤石・木曽の両山脈を眺めてきた。

その山国にいたころは気にもしなかったが、故郷を離れ、たまに信州に帰ったとき、胡桃の木が大きく枝を伸ばしているのに気づくようになった。

この句、「青胡桃」の「ごつごつ」した感触を、擬態語で表現した。真っ暗な闇は、今でも信州にはある。

（句集『地霊』平成六年）

歩かねば山吹の黄に近づけず

43

生まれたときから二本の足で歩いているので、遠方から歩いてくる人をみても、それほど不思議とは思わない。

この句の「歩かねば」という表記は意志的。そのように意識して歩かないと、前方の「山吹の黄」がよく見えてこない、近づけないのだ。

信州のJR飯田線には、「山吹」と言う名の駅がある。数年前、ホームに山吹が咲いているのを見かけたことがあった。

（句集『地霊』平成七年）

緑夜机に向う少女は水の精

44

谷戸の景色を眺めながら暮らしていると、春のはじめ樹々が萌黄色から若葉に変化、やがて暗緑の時期と、その移ろいが美しい。

この句は、「緑夜」であるから、若葉のあとの暗緑のころ。夜、じっと耳を澄ましていると、樹々の呼吸も聴こえてくる。

娘たちの部屋は、それぞれ二階にあったので、そんな夜は、谷川の水の流れを聴きながら、「水の精」になっていたのだろう。

（句集『地霊』平成八年）

花の雨犀といっしょに濡れている

45

「花」は桜。満開のころの雨は、花びらを散らして、どこか淋しい。

この句、動物園にいったときの寸景。「犀といっしょに濡れている」と書いているので、これは犀を見ているというより、犀の気持ちといっしょに、花の雨に濡れているということであろう。

詩人の辻征夫さんから、「犀といっしょに濡れているが、いいなあ」というハガキをもらったことがあった。

（句集『地霊』平成九年）

ほたるぶくろよ言葉は人を刺すことも

46

人はいくつになっても、褒められることは嬉しいもの。けなされると心が痛む。そうなのだ。心さわやかに生きるには、褒められたことだけを頭に入れて、生きる力にしてゆけばよい。

この句、横浜の三溪園に吟行でいったとき、「ほたるぶくろ」が楚々と咲いているのを見て、「言葉は人を刺すことも」という言葉が即刻、浮かんだ。

（句集『地霊』平成十年）

てて っぽっぽう山鳩は春つれてくる

47

春風が吹くころになると、谷戸では山鳩がよく鳴く。

その声を聴いていると、「クークー」とも「ボーボー」とも、どこか懐かしく低い声で鳴く。

この句では「ててっぽっぽう」にしたが、永瀬清子の詩「あけがたにくる人よ」の中から採った。

山鳩は、その後きまって、わが家の大きな紅葉の梢の葉陰に巣をつくって棲むが、守り神のようでもある。

（句集『地霊』平成十一年）

夏の小樽よ若い詩人の歩いた街よ

48

小樽の街は、句友・米山幸喜さんの生家のある町。何回も訪ねた思い出のある街であるが、一度は坂を登って米山さんの家を訪ねたことがあった。

この街では、かつて伊藤整が詩集『雪明りの路』を書き、小林多喜二が『蟹工船』を書いた。

坂の中腹から日本海を眺めていると、鰊漁が盛んであったころのことや、若い詩人たちが街を闊歩した時代が偲ばれる。

（句集『地霊』平成十一年）

初夢のまんぼう海にこいという

49

初夢は、正月二日に見る夢のこと。

その初夢に「まんぼう」が呼びかけてきたというのだ。四メートルにも達する巨大な硬骨魚。しばしば海面に浮くというから、その浮いたときに、「海にこい」と、呼びかけてきたのであろう。

「まんぼう」には、一度もあっていないので、その夢もさだかではないが、きっと親しみをこめて、そう呼ばれたのだと思う。

（句集『谷風』平成十二年）

クレソンの水を提げゆく春の人

50

「クレソン」は、アブラナ科の多年草。山梨県の道志村にある道の駅に寄ると、いつも一束か二束買ってきた。

葉は、セリに似て緑色の複葉。辛みがあり、サラダにすれば、朝食のパンによく合う。

この句、「水を提げゆく」というところが、滑稽。気に入っている。

（句集『谷風』平成十二年）

リラ咲けり含羞つとに忘れられ

51

いまの若者にとって「含羞」という言葉は、廃語で胸中にないのかも知れない。

電車の中で、はばかることなく口紅をひいている姿を見ると、こちらがあわててしまう。

この句は、中村苑子さんに「今年の一〇〇句」（「俳句年鑑」）で採ってもらった句。

代々木上原の高柳重信さん宅に、「俳句研究」の原稿を届けにおじゃますると、いつも苑子さんがウイスキーを出してくれた。


（句集『谷風』平成十二年）

にんげんの軽さをはかる秋の風

52

いつから日本人は、軽くなってしまったのか。ものの本を読んでも、明治・大正の時代は、現在と比べて、人間に重みがあったように思う。そのことは、考現学でもいえそうである。服装の今昔を比較してみても、現在はより軽く着ることが流行っている。

現代人は、もっと地に足をつけて考えることが、求められていはしまいか。

〈句集『谷風』平成十二年〉

人が人撃つこと止まずレノンの忌

53

ビートルズを立ち上げたリーダーのジョン・レノン。一九八〇年十二月八日、ファンを名乗る男に射殺された。享年四十歳。

この十二月八日は、太平洋戦争の開戦日でもある。

人工衛星から地球を眺めたときには、地上できめた国境など見えるはずもないが、地上では醜い争いがつづく。

ジョン・レノンの「イマジン」の曲を、しみじみと聴いている。

（句集『谷風』平成十二年）

同《どう》行《ぎょう》二《に》人《にん》桜の精と山下りる

54

「同行二人」は四国巡礼のとき、いつも弘法大師とともにあるということで、笠などに書きつける言葉。

平成十三年三月、詩人の八木幹夫さん、画家の工藤政秀さんと一緒に四国を旅した。高知県の山中にある物部村の村長さんの誘いがあり、鼎談をする機会をいただいた。

この物部村は柚子の村。桜の咲く山を下り、四万十川の近辺を歩いたが、「花びらを流し佐田の沈下橋」の句も、そのときの一句。

（句集『谷風』平成十三年）

まんさくの光を蹴って来る少女

55

JR横浜線、橋本駅の横にある県立相原高校の校地のはずれに、早春を告げるまんさくの木があった。

学校の勤めを終えたあと、非常勤で勤めた子どもセンターに通う道すがら、早春はこのまんさくの花を楽しみに眺めた。

駅に近く、人通りの多い道で、若い人も急ぎ足で歩いていたが、このまんさくに気がついていたか。

そのまんさくを見ていて、即座に頭にひらめいた一句。

（句集『谷風』平成十四年）

きらきらと朝の空より蟬の尿

56

家の横の坂道には、数十本の山桜が植えられているが、すでに四十年を過ぎた大木。

わたしは、桜守のように年中、坂道を掃く。あつい夏はこの道に蟬が腹をみせて、ころがっているのが痛ましい。

あれは、朝だったろうか。坂道に出て、空を見あげていると、ひゅっと、雨粒より大きな水滴がおちてきた。不思議におもって、山桜の木を眺めていると、蟬がバタバタ飛んでいった。谷戸では、こんな風景もみられる。

（句集『谷風』平成十四年）

しぐれ来る夢の明恵に会いし朝

57

京都、栂尾の高山寺を訪ねたのは、秋であったか。

がらんとした境内には誰もいなかった。この寺は、鳥獣戯画で有名な寺。本堂の回廊で、谷底にひろがる北山杉をゆっくり眺めていたことを覚えている。

この寺を開いたのが、明恵上人。鎌倉前期の華厳宗の僧。臨床心理学の河合隼雄さんも書いていたが、密教を学んだ人だけあって、瞑想感のある僧。

この句、しぐれの朝、目覚めてみると夢の中、明恵上人が立っていた。


（句集『谷風』平成十四年）

虚子以後の十人といぬ竜の玉

58

近代俳句史上、かがやかしい句歴をもち屹立しているのが、高浜虚子。

虚子以降も、いろいろ俳人は出たが、虚子に並び立つような俳人となると、なかなかみあたらない。

そのことは措いても、虚子以降、真に俳人と呼べるような俳人は十人といないというのが、わたしの持論。

最短定型詩は、だれもが書けるように見えて、書けていない。俳句形式にうらぎられている人の、なんと多いことか。

（句集『谷風』平成十四年）

かなかな連れ青四万十の曲りゆく

59

高知県の四万十川には、何回いったろう。この句のときは、水源から河口の近くまで、ゆっくり旅した。月刊「俳句朝日」が超結社の十数人を誘っての吟行の旅。

四万十川は、清流。人の手が入っていないことが、これだけの清流を保っているのだろう。夜の鮎を捕る「火振り漁」も見学。

高知県から坂本龍馬が脱藩した道をバスで愛媛に出た。「白雨くる土佐より伊予に入りたり」は、そのときの一句。

（句集『谷風』平成十六年）

かなかなの海に出るまで最上川

60

「おくのほそ道」の吟行会の帰り、山形県の大石田駅に下車し、上流の最上川を眺めたことがあった。葦切が盛んに鳴いていた。

この句は、その次に学校の同僚と下ったとき。新庄市近くの船着き場から乗船、最上川を下った。夏の盛り、ひぐらしが両岸の山で鳴いて、芭蕉を偲びながら下った。

羽黒山五重塔の横に聳える樹齢千年の大杉を拝し、「夏爺杉ながく生きよと迎えらる」の一句も。

（句集『谷風』平成十七年）

立ってて歩くことのさみしさ月見草

61

二本足で立って歩くことの不思議さは、大人になるまで感じなかったが、このごろは、そのことを、しばしば思う。

いつから、にんげんは二本足で歩くようになったのか。考えてみれば、それは直立猿人が存在していたころからのことかも知れない。遥か、むかしからのことである。

「月見草」の黄色い花は夕方、淋しく咲いているが、同じように二本足のにんげんも、淋しい。


（句集『谷風』平成十八年）

124 – 125

オランダ

アンネの家窓にひろがる九月の空

62

ルーマニアで、親戚の甥の結婚式に参列。そのあと時間にまかせ、オーストリア、ハンガリー、ベルギー、オランダと巡った。

　オーストリアのザルツブルクなど印象の深い街。最後に訪ねたのがオランダだった。百聞は一見に如かずというが、いたるところで運河が見られた。

　アンネの家の二階の窓からは、初秋の九月の空が、まぶしく光っていた。


（句集『谷風』平成十八年）

うしろよりゆっくりゆけと秋の風

63

ここで元号が「令和」に変わったが、わたしが学校に勤めた昭和・平成の時代を振り返ってみると、ことのほか昭和の時代は、いそがしすぎた。「秋の風」からも、「ゆっくりゆけ」と言われるのは、いたしかたない。

人生にとって大切なことは、道草をすること。ゆったりと野の道を歩いていると、野の草花も、話しかけてこよう。小さな声であっても。

（句集『谷風』平成十八年）

六月来る樺美智子のことは言わず

64

六月は痛恨の月。六月のことを考えると、心の中が空洞になる。シュプレヒコールの月でもある。

手元に、樺美智子遺稿集『人しれず微笑まん』がある。

樺さんが亡くなったのは、昭和三十五年六月十五日。第二次実力行使で、国会構内で全学連と警官隊が衝突したとき、犠牲になった。

結果的には、この日米安保条約が基地化で悩む沖縄県民の怒りを生む端緒となった。


（句集『谷戸抄』平成二十年）

建具屋の横ではじまる踊りの輪

65

西馬音内《にしもない》は、秋田県の羽後町。ＪＲ奥羽本線の湯沢駅に近い。七〇〇年の歴史をもつ伝統的な盆踊りをみた。

亡者を思わせる彦三頭巾の浴衣姿の人。深くかぶった編み笠と、色とりどりの美しい端縫い衣装を身にまとった女性たちが、三〇〇メートルにわたる細長い通りで、ゆったり踊る。

その盆踊りを超結社の句会のメンバーで見学した。いまは亡き、村上護さんも一緒だった。

（句集『谷戸抄』平成二十年）

尾をもたぬことなど忘れ花の下

66

普通は、だれも気にしていないことが、にんげんにはある。

尾をもっていないことも、その一つ。そう思ってお尻に手をあててみても、尾っぽはない。

これも、かつては必要であったもの。時間が経過するうちにその必要性をなくし、退化してしまったものなのだろう。

花見の座敷に坐り、一人ほくそ笑んでいるのは、だれ。


（句集『谷戸抄』平成二十一年）

若狭少女はつなつの闇つかみくる

67

若狭の小浜には、いつか行ってみたいと思っていた。

森澄雄さんに「若狭には佛多くて蒸鰈」の一句があるが、この句に惹かれていた。

近江今津からバスで小浜へ。この若狭街道は鯖街道とも呼ばれた道。小浜に降りて第一歩が若狭姫神社。地霊と言うか、空気もしんと澄んで爽やか。小鳥の鳴き声が賑やかに迎えてくれた。

その神社の前で会った少女は、どこか巫女のようでもあり、妖精のようでもあった。（句集『谷戸抄』平成二十一年）

抜き抜かれきちきちばった道半ば

68

家の近く、坂道を下り尻久保川を渡ったところで、五十坪ほどの小さな畑を借りている。疲れたときには、この畑に出かけると、気持ちが一新するから有難い。

先日は、トマトの苗を二十本植えた。これからの盛夏がたのしみ。

初秋の知らせは、畦の草むらを跳びまわるバッタ。わたしが歩くと、われさきにと跳び越えてゆく。

（句集『谷戸抄』平成二十一年）

赤のままこの道誰も還り来ず

村野四郎さんの詩集『亡羊記』に、「塀のむこう」と言う詩がある。「さよならあ　と手を振り／すぐそこの塀の角を曲がって／彼は見えなくなったが／もう　二度と帰ってくることはあるまい」と書く。

赤のままの道を、人は歩いていくが、誰も還ってきた人をみたことがない。

その淋しさ。赤のままの道だけが、ずーと一本、どこまでもつづいているだけだ。

（句集『谷戸抄』平成二十一年）

ボジョレヌーボー買って帰りし千穂ちゃんよ

70

ボジョレヌーボーの解禁日は、十一月の第三木曜日。次女が勤めの帰りに買って戻ってきた。これは、サプライズ。

ボジョレヌーボーは、その年秋季に、フランス・ブルゴーニュ地方のボジョレで収穫された葡萄で造られる赤ワイン。

さっそく、その晩ごちそうになったが、新しい香りがして美味。遠いボジョレを思って眠った。

（句集『谷戸抄』平成二十一年）

大皿のわくわくしてる春キャベツ

71

どの野菜も、今では一年中食べられる時代になってしまったが、一番おいしいのは、やはり、その旬。

「春キャベツ」もそうだ。あのふわふわした、水滴がしたたるようなキャベツも、春の旬のものが何と言ってもおいしい。

組板の上で刻んだキャベツが、白い大皿に盛られていると、こちらも、わくわくしてくる。

（句集『谷戸抄』平成二十二年）

石道寺

村娘のような観音しぐれ去る

72

石道寺は、滋賀県長浜市木之本町にある真言宗の寺。

このあたりの寺には、十一面観音が多い。渡岸寺を訪ねたときにも、美しい十一面観音に目をみはった。

石道寺の本尊十一面観音は、欅の一本造。唇には紅をひとすじ残していて、柔和で穏やかなお顔。また、どこか素朴で、この地域の村人を彷彿させるようなお顔でもあった。

（句集『谷戸抄』平成二十二年）

十二月坂を登ってそうおもう

73

十二月は、一年最後の月。

日が短くなり寒さもくわわる。野外の景色も枯れ色に、下旬に入ると歳末の慌ただしさが街に漂う。

そんなある日、近くの農家の横にある坂を登りきったとき、ふと口吻のように口にでてきた言葉。

「坂を登ってそうおもう」と。漠然と書いているだけなので、手がかりを摑めるようなイメージはないが、人それぞれに頭をめぐらしてくれればいい。


（句集『谷戸抄』平成二十二年）

山一つ大きく抱いて冬ごもり

74

家の二階の窓から外を眺めると、欅の林の向こうに雨乞山が、つんと立っている。北丹沢の群山の一つ。

冬になると、尻久保川に添って立つ欅も葉を落とすので、余計に浮き立って見える。

この雨乞山の向こうには、武田信玄と小田原の北条氏が戦った中世の三増古戦場がある。

冬の日、外を眺め「鶴女房」でも読みながら、うつらうつらするのは、よいものである。

（句集『谷戸抄』平成二十三年）

すかんぽと半鐘の村であった

75

青木村は、信州の上田市に隣接する村。近くに修那羅峠がある。

ここで、俳人の栗林一石路は生まれた。ひめじょおんの群がる斜面の石に「シャツ雑草にぶっかけておく」と一句が書かれていた。一石路は革新的精神を貫いた人。戦後、新俳句人連盟を結成した。

青木村は、かつての農民一揆を思わせるような村であった。野道を歩いてゆくと、むかしの鉄棒の半鐘がポツンと立っていた。

（句集『谷戸抄』平成二十三年）

鬼やんま家を壊して出てゆけり

76

鬼やんまは、わが国最大のトンボで、十センチメートルを超えるものも。体は黒色で黄斑がある。飛ぶのも迅い。

その鬼やんまが、家を壊してあばれまわるということは、なかなか想像ができないが、一句にしてみるとリアリティがある。

この句、どこか自画像のようにも思えてくるから、不思議である。

（句集『谷戸抄』平成二十三年）

月光を浴び裏山の歩きくる

77

家の東には、城山がある。標高三八二メートル。その城山には、中世、山城があった。小田原の北条氏の居城。いまは、その山城もなく廃墟になったままである。

わたしは作句のとき、裏山という言葉を使うが、それは城山のこと。秋の満月のときなど、谷戸が明るくなって、あたかも城山が、のっそり、のっそり歩いてくるように思う。「十五夜の山ぞろぞろと歩きだす」も同年の作。

（句集『谷戸抄』平成二十三年）

この星のいのちはいくつ春立てり

78

地球は、「水の星」とも呼ばれる。ときに、ふっと思うことがある。

それは、この星に、どれくらいのいのちがあるだろうか、と。人類は約七十一億人と言われるが、草も木も昆虫も魚などもくわえていけば、これは膨大な数になる。

たくさんの数のいのちと一緒に暮らしていると、いのちの大切さが身にしみる。

（句集『谷戸抄』平成二十四年）

堅田泊り柳諸子の添えられし

79

琵琶湖周辺を吟行したときの句。蒲生野を巡ってから琵琶湖へ。

堅田といえば、芭蕉にも「海士の屋は小海老にまじるいとゞ哉」の句がある。漁家での嘱目。

旅館では、夕食に「柳諸子」が添えられた。こころづくしの一品、味わって食した。

そのあと、三井寺を巡り、「大寺の屋根をころがる雀の子」の句もつくった。

（句集『谷戸抄』平成二十四年）

流星一つ北きつねは寝たか

80

北海道には、よく旅をした。

最初は、学校に職をえてはじめての夏休み。阿寒湖への旅。アイヌ語がなつかしく倶知安駅（函館本線）までキップを買って乗車。そのあと根室本線の狩勝峠を越えて釧路まで。ここからバスで阿寒湖へ行った。そのときの句が、「鳥も樹も空へはばたき目覚めの夏」。

この「流星一つ」の句は、長女家族と次女とわたしたち二人。車で渡島半島の八雲へ旅をしたときのもの。

（句集『谷戸抄』平成二十四年）

地球の秋窓より顔を出す男

81

地球に棲んで、ときどきふと思うことがある。

それは、どの家にも窓があるから、秋晴れの天気のよい日には、だれも首をながく伸ばして、秋空を眺めているんだろうな、と——。

そんな日も、誰にも気づかれないように、地球は自転をつづけている。平和だけれど、地球の中心はマグマ。それが、こわい。

（句集『谷戸抄』平成二十四年）

十一月ジャコメッティのように痩せ

82

ジャコメッティは、スイスの彫刻家。フランスで活躍した。

よく知られている作品群は、大戦後につくられた針金のように極端に細く、長く引き伸ばされた人物彫刻。それは、ぴりぴりする現代社会に生きる人物を彫ったようでもあった。余計な部分が削られ、細くなった彫刻。

十一月、どこか初冬を感じさせる日。その彫刻のように人々は痩せて屹立していた。（句集『谷戸抄』平成二十四年）

タイへ

風になりたしアユタヤの石仏揺れ

83

タイのアユタヤ遺跡を、三家族六人で一月訪ねた。十四～十八世紀に古都として繁栄した。

菩提樹のなかに埋まった仏像の頭で知られる「ワット・マハタート」には、びっくり。当時の戦いで破壊された仏像の一つ。両手を合わせた。

つらなって坐る石仏は、黄色の袈裟に身をつつみ、風に揺れていた。「瞑想の寺紫の花はジャカランダ」もそのときの句。

（句集『谷戸抄』平成二十五年）

われも光春の光の宇宙塵

84

遠大な宇宙から考えて見れば、地球に棲むわたしたちは、一寸のゴミといっても、間違いではない。

それほどにちっぽけな、わたしたち。諍いや争い、戦はやめちゃえといいたい。

この宇宙のなかで、みな宇宙の塵となって光っているだけなのだ。

なによりも、わたしたちの国には、恵まれた四季があることに感謝したい。

（句集『谷戸抄』平成二十五年）

畦一つ跳んで八十八夜かな

85

八十八夜のわかれ霜というが、今年は八十八夜の五月二日、トマトの苗を植えた。

四月二十日は穀雨。それを過ぎると、畑の土もやわらかくなって畝がつくりやすくなる。じゃがいもの畝立など、野菜も生長してくると、つぎからつぎと忙しくなる。

それからは、秋まで雑草との戦い。雑草にはわるいけれど、これも、にんげんのエゴ丸出しということだろうか。


（句集『谷戸抄』平成二十五年）

枇杷の実青し俳人長命であれと

86

松尾芭蕉の生家は、伊賀上野。二泊三日で吟行した。

蓑虫庵に寄り、生家へ。京都の町屋風の家であった。芭蕉は二十九歳で江戸へ、この家から出立した。

そのとき、友人に与えた留別の句が、「雲とへだつ友かや雁のいきわかれ」。雁に自らの身を託しながら詠んでいるが、雁の悲しみをもつ一句。

生家を裏手に出ると、草庵「釣月軒」。その続きの庭には、枇杷の木があり青い実をつけていた。

（句集『谷戸抄』平成二十五年）

174 − 175

つくつくぼうし山より水を流す父

87

つくつくぼうしの声を聞くのは、八月下旬。急にさみしくなる。谷戸の欅の林で鳴いているのか、声のみ聴こえてくる。

そんなとき、「父」という一語が飛び込んできた。父を思い出すと、寡黙な人であった。必要以外のことは、口にしない人。その父が「山より水を流す」と書けた。

この句、どのように読んだらよいのか、と聞かれたことがあるが、意味で受け取るのでなく、感じてもらえたらよい。

（句集『谷戸抄』平成二十五年）

気で行こういっしょに歩く九月の木

88

わたしは、「老人」という言葉が好きではない。気持ちは、いつも晴れやかでと思う。

それには、夢をもつこと。小さくても大きくてもよい。夢によって、一歩一歩、前に進められたら、どんなに幸せなことか。

この句の、「気で行こう」と言うのも、そんな気持ちを込めて。にんげんでなく、木々と歩くのも、楽しいではないか。


（句集『谷戸抄』平成二十五年）

虫止んで海王星からとどく音

89

「海王星」は、太陽系の惑星。太陽に近いほうから八番目。肉眼では、とても見ることはできないが、この惑星は八個以上の衛星をもつと言う。

惑星のことなどに思いを巡らすのは、いささか浮世離れしたことかもしれないが、共にこの宇宙で生きていることを考えると、楽しくもなってくる。

耳を澄ますと、「海王星」の音も聴こえてきそうである。


（句集『谷戸抄』平成二十五年）

露よりも朝のふぐりの軽かりし

90

わが歳を感じるのは、この句のようなとき。

小用も、ちょろちょろと。そんなことを思っていると、丹田にも力が入らない。どこか身が軽くなってゆく感じさえする。

この句、「露よりも」と置いたが、地上一寸を浮いているようにさえ思えてくるから不思議だ。

歳をとっても、にんげん、わからないことばかりで楽しくもあり。

（句集『谷戸抄』平成二十五年）

月光に乗って星の子部屋に来る

91

「星の子」と書いたが、これは異星人の子か、はたまたこの地球の子か。書いたわたしにも、はっきりしない。

なによりも、一句をつくる楽しみは、まだ現実に見えていない世界が現前に見えたとき。そのリアリティが楽しみなのだ。

現実にある世界をなぞるのではなく、あらたな言語空間をそこに現出すること。そのような繰り返しが楽しい。

（句集『谷戸抄』平成二十五年）

津軽じょんがら寺山修司も跳んで冬

92

寺山修司さんにはじめて会ったのは、新宿の喫茶店「風月堂」であった。いまでも、ストリンドベリのことなど話したことを覚えている。

寺山さんは、いくつかのジャンルを跳び越えて活躍したが、わたしには俳人という思いが強い。「夜濯ぎの母へ山吹流れつけよ」(高校三年の作)。この頃から、虚構性のある句を書いていた。青森県弘前市生まれ。

(句集『谷戸抄』平成二十五年)

柊の花にさわればわれも水

93

家から坂道を下り、尻久保川の橋を渡って、小さな坂を登ると、懇意にしている農家がある。その農家の庭先、道に面して柊の木がある。ふだんは誰も見向きもしないが、十二月のはじめになると、きまって花をつける。香りのある細かな白い花がいちめんになってつく。

この頃、散歩をしていて柊の花を見るのが楽しみの一つ。いつもその花に声をかけてゆく。

（句集『谷戸抄』平成二十五年）

揚羽きて水の話をしてゆけり

94

初夏を告げる頃になると、きまって庭に揚羽がくる。黒揚羽であったり、あおすじ揚羽、みかど揚羽だったりする。どの揚羽も、花に近づき蜜を吸ってゆく。

じっと見ていると、この揚羽、時間をかけて、あの世から飛んできたのかと、目くるめくような錯覚をおぼえることがある。

この一句、「水の話をしてゆけり」の飛躍が気に入っている。

（未刊句集『地気』平成二十七年）

夏海は死者の声渚に少女二人

塩屋埼

95

東日本大震災が起きたのは、平成二十三年三月十一日。

福島県いわき市に故郷をもつ俳友・川嶋隆史さんに誘われて福島県の太平洋岸をバスで吟行した。広野町、楢葉町、富岡町と見て歩いた。どこも汚染土を収めた黒いビニール袋が異様。富岡町では、常磐線の駅舎が津波で流され跡形もなし、残ったのはホームだけ。

再び、いわき市に戻り、塩屋埼の海岸を眺めながらの一句。

（未刊句集『地気』平成二十七年）

大きな海よ差別越えゆく春の海よ

96

わたしは、信州で生まれたので、山国育ち。幼い頃から、山野を駆けまわっていた。

初めて海をみたのは、小学校五年生。学校で静岡県の浜名湖の近く、弁天島にいったとき。砂浜からは、太平洋の水平線がまるく見えて驚いた。

今でも、桜の咲く時期になると、谷戸を出て駿河湾の海を見にゆく。人間のエゴなど、海を見ておれば、小さなこと、といつも思う。


（未刊句集『地気』平成二十八年）

遠ざかる櫂の音いくつ天の川

97

句会に出したときには、評判がよくなかったが、自信をもってつくった一句。

俳人であり詩人の高岡修さんが、「「詩とは永遠への眼差しである」（略）一瞬の一つの事象を通して永遠を見ようとする眼差し――それが結局は俳句の真の在りようではないか」と。

そして、「死者たちが漕ぎながら次第に遠ざかる櫂の音」と鑑賞してくれた。天の川をゆく、戻ることのない一筋の舟である。

（未刊句集『地気』平成二十九年）

黄落の地上どこまでも壊れ

98

この句をつくる前、高尾山を歩いた記憶がある。高尾山は天狗の山であり、ムササビの飛ぶ山でもある。三橋敏雄さんにも、「むささびや大きくなりし夜の山」の句があった。

十一月に入ると高尾山も黄葉。わが家の近辺の樹々も黄落である。そんな黄落を見ていて、ことのほか山野が壊されていく現実が脳裏を掠めた。

（未刊句集『地気』平成二十九年）

金子兜太先生逝去

きぶしの黄よ兜太先生の返歌

99

兜太先生の訃報に接したのは、平成三十年二月二十日。

第一句集『蝶の森』では、序文も。世に出していただいたが、その恩義にこたえられなかったのが、こころ残りのこと。深いかなしみを味わった。

数年前、先生の俳句に触れて書いた新聞記事のコピーをお送りしたら、さっそく電話をいただいた。いかがわしい電話が多いので、やや躊躇して出ると、「金子です。ハガキを書くより、君の声をききたくてね」と、お元気そうな声であった。

（未刊句集『地気』平成三十年）

野の花のようになれたらまた一歩

100

いまは、デジタルな世の中になってしまったが、わたしはアナログが好きだ。なぜなら、ひとつ一つのプロセス、過程を大切にするほうを選びたいから。だから、目的をもたず、ぶらりぶらりとした散歩が好き。できれば、舗装道路でなく、草や土のみち。そんな道を歩いていると、名も知らない草花に、たくさん出会う。

なによりも、いくつもの草花が小さな声で話しかけてくれるのは、このうえない喜びでもある。

（未刊句集『地気』平成三十年）

私の作句法

いま、手元にある一番古い俳句の本は、學燈文庫の『現代俳句』。著者は、早稲田大学講師の中村俊定さん。

奥付をみると、昭和二十九年十二月の発行になっているから、わたしが高校生になった年である。

この頃から俳句をはじめていたから、そのつてを頼って學燈社に注文して購入したものであろう。いまとなっては、入手した経路については、はっきりしない。

目次をみると、正岡子規から中村草田男、加藤楸邨、石田波郷まで。このなかに、荻原井泉水、中塚一碧楼も入っているので、ここで口語俳句・自由律俳句をはじめて学んだ。

荷がおろされて寒い馬よ雨降る　井泉水
枯芝の丘の家から誰も出て来ない道　一碧楼

ここには、季語や十七音の定型にとらわれることなく、感動のリズムにしたがって自由に表現しようとする短詩がみられる。いわゆる自由律俳句である。

ところで、初学のわたしが口語俳句・自由律俳句に深入りしなかったのは、俳句の基本を五・七・五音の定型と、そう念頭においていたからだと思う。

わたしの志向は、中村草田男、加藤楸邨、石田波郷のほうに向かっていた。

萬緑の中や吾子の歯生えそむる　草田男
秋蟬のこゑ澄み透り幾山河　楸邨

かなかなに母子の幮のすきとほり　　波郷

これらの人間探求派の俳人の句に学んだ。

その後は、加藤楸邨の「寒雷」に入会。人間を中心に据えた俳句に惹かれて書いてきた。だから今でも、「自然プラス人生の蓄積」が俳句と考えている。

以降、「海程」に参加。そこで俳句の立ち位置を定め、その後「朱夏」を創刊。なによりも、人間が拠って立つ「土」を大切に、そのことを第一義に作句してきた。土に関わり、地に足をつけて日々を生きる。道を歩いていても、言葉が頭に飛び込んでくると、その言葉を拾い一句にする。

次の句は、昭和四十三年の作品、

麦畑の鳩もいっしょに刈られゆく

の句について、次のように書いたことがある。

麦畑のイメージから即座にできた句である。だから具体的に、どこの麦畑ということではない。麦畑のイメージ――麦の芒のむせかえるような明るい黄色が基調にあったのである。（略）

わたしは、現前の自然や事象をみて、短時間で俳句をつくるということは不得意だ。比喩的ないいかたをすれば、眼をひらいていて俳句をつくるというタイプではなく、眼を閉じていて俳句をつくるタイプだろうとおもう。現前の自然や事象をそのまま俳句にするのではなく、自然や事象を一度捨てて、手さぐりの中から、自分にとっての自然や事象を言葉によって捜し出していくということになろう。（略）

鳩――今にしておもうと、安保闘争や沖縄の俳句を書くなかで、われわれにとって権力とは何か、ということを俳句形式で模索してきた時期があったが、あまりに事象に即しすぎた俳句が多く、精神の痛みを痛みとして、俳句に形象することが困難であったのではないかという反省が、こうして期間をおいてみると、いっそう鮮明になってくる。そうした意味では、一見、平穏にみえる日常生活のベールをぬぐいさったとき、どのような状況を、そこにみることになるのか。みせかけの平穏さのなかに隠蔽された権力の手が、鳩までも刈っていく手であることに気づくであろう。

日常生活のなかで見えている危機よりも、見えない危機をこそおそれなくてはいけないのであり、そこに照準を据えるべきであろうとおもう。黄色に色づいた麦といっしょに、一瞬のうちに鳩までも刈られていってしまうという辛辣な現実を、凝視していかなければならない理由もそこにある。

（一句の背景「俳句研究」昭和44・11）

この「麦畑」の句も、今となってみると、言葉を優先して書けた俳句と言う思いが強い。道を歩いていても、言葉が頭に飛び込んでくる。それは、自然や事象を描写すると言う手垢を言葉につけずに、言葉と言葉を衝突させる衝撃によって、新たなリアリティをそこに現出させることでもある。

＊

現代俳句の潮流を大きく変えたのは、昭和三十六年の現代俳句協会の分裂。このことは、なんといっても見逃せない事実であり、衝撃の余波が今日まで継続してきている。

昭和三十年代前半までの戦中世代を中心とした、どちらかと言えば、既存の俳句の概念を破る果敢な表現行為は前衛俳句運動と呼称され、現代俳句協会の分裂を招いたが、このとき以降、俳壇は俳句の三要素としての「定型・季語・切れ」を順守して今日に至っている。

来し方を眺望して、かれこれ六十年前からこの三要素を順守する俳壇の姿勢は変わっていない。

そこで、卑近な問題として見えてくるのは、言葉に対する認識。舌端で言葉をころがしていても、なかなか言葉をころがしているというふうには意識がそこまで及ばない。そのことは俳句という詩を書くという覚悟にもかかわってこよう。そこがどうも稀薄だ。

そもそも俳句の言葉は、対象をなぞるために使われたり、伝達を旨に使われるものではなく、最短定型に収斂された言葉の衝撃や飛躍によって、そこにまだ見ぬ新しい世界、言語空間を現出するためのものであった。

一見、俳句という最短定型詩は、だれにも書けるように見えて、それは多くの俳句に惹かれた人を裏切っているのかも知れない。もっと言えば、俳句をつくる多くの人が、俳句形式によって裏切られているという事実。そのことを知らずに作句することは無残でもある。まず、俳句は言葉で「書く」という自覚をもつべきである。

季語にしてもそうなのだ。もともと季語は、長い歳月を経て蓄積されてきた詩語であるが、その季語を約束として、あれこれ考えずに使っている。いま一度、季語を言葉として捉えなおしてみては、どうだろう。それは詩語としての季語。季語を純粋に一個の言葉として考えなおそうとする、季語の象徴力の充実を指向するものである。そのことが、詩語を自ら自覚して摑みとると言う営為にもつながってゆく。その先に無季という視野も見えてこよう。

人生冴えて幼稚園より深夜の曲　金子兜太
彎曲し火傷し爆心地のマラソン　〃
犬一猫二われら三人被爆せず　〃
酒止めようかどの本能と遊ぼうか　〃

これらの無季俳句には、有季俳句以上にメッセージや一途な思いが込められている。そこには季語的な情緒、情感をはずし、物との直かな出会いも感じられる。まず、言葉から俳句に入る。そして、俳句をつくるということは詩を「書く」ということ。

＊

もう一つは口語発想。

呼吸とはこんなに蜩を吸うことです　兜太

この句は、昭和五十五年の作。どちらかと言えば言葉を多く使う兜太俳句にあって、このように口語発想でやさしく書くのは、昭和五十年代に入ってからのこと。昭和三十年代の造型俳句の時代は、もっと言葉を虐待して使っていた。

口語発想で、五七調定型を順守すると言うことは、音律を大切にすると言うことでもある。

梅咲いて庭中に青鮫が来ている　兜太
おおかみに螢が一つ付いていた　〃
牛蛙からすみとんぼがこんなに居る　〃

これらの句も、五七調定型で書くことによって、その最短の詩形に緊張が加わり、音律が語感と溶け合って、簡潔で力強い断定性を帯びた韻律が生まれてきている。

口語は、わたしたちの日常の言葉。これに、どう五七調定型を絡ませていくか。必要に応じ口語も文語も自由に、句作をつづけてゆきたい。

初句索引

あ行

か行

さ行

著者略歴

酒井弘司（さかい・こうじ）

昭和13年、長野県に生まれる。
同人誌「歯車」「零年」「ユニコーン」に参加。
「自鳴鐘」「寒雷」に投句。
昭和37年「海程」創刊同人。
平成６年「朱夏」創刊、主宰。
現代俳句協会会員　日本文芸家協会会員

句集『蝶の森』（昭和36年、霞ケ関書房）
『逃げるボールを追って』（昭和40年、私家版）
『朱夏集』（昭和53年　端渓社）
『酒井弘司句集』（昭和55年、海程新社）
『ひぐらしの塀』（昭和57年、草土社）
『青信濃』（平成５年、富士見書房）
『酒井弘司句集』（平成９年、ふらんす堂）
『地霊』（平成12年、ふらんす堂）
『谷風』（平成21年、津軽書房）
『谷戸抄』（平成26年、ふらんす堂）
評論『現代俳人論』（昭和63年、沖積舎）
『金子兜太の100句を読む』（平成16年、飯塚書店）
『寺山修司の青春俳句』（平成19年、津軽書房）
随想『蜩谷山房雑記』（平成23年、草土社）

現住所
〒252-0153　神奈川県相模原市緑区根小屋2739-149

発行　二〇一九年一二月一日　初版発行

発行人　山岡喜美子
発行所　ふらんす堂
〒182-0002 東京都調布市仙川町一―一五―三八―2F
TEL（〇三）三三二六―九〇六一　FAX（〇三）三三二六―六九一九

シリーズ自句自解Ⅱベスト100 酒井弘司

URL http://furansudo.com/　E-mail info@furansudo.com
振替　〇〇一七〇―一―一八四一七三
装丁　和兎
印刷所　日本ハイコム㈱
製本所　三修紙工㈱
定価＝本体一五〇〇円＋税
ISBN978-4-7814-1231-3 C0095 ¥1500E

シリーズ自句自解Ⅱ　ベスト100

第一回配本　後藤比奈夫
第二回配本　和田悟朗
第三回配本　名村早智子
第四回配本　大牧　広
第五回配本　武藤紀子
第六回配本　菅　美緒
第七回配本　仁平　勝
第八回配本　桑原三郎
第九回配本　渡辺純枝

以下続刊